은행나무 사랑

도서출판 아시아에서는 《바이링궐 에디션 한국 현대 소설》을 기획하여 한국의 우수한 문학을 주제별로 엄선해 국내외 독자들에게 소개합니다. 이 기획은 국내외 우수한 번역가들이 참여하여 원작의 품격을 최대한 살렸습니다. 문학을 통해 아시아의 정체성과 가치를 살피는 데 주력해 온 도서출판 아시아는 한국인의 삶을 넓고 깊게 이해하는 데 이 기획이 기여하기를 기대합니다.

Asia Publishers present some of the very best modern Korean literature to readers worldwide through its new Korean literature series 〈Bi-lingual Edition Modern Korean Literature〉. We are proud and happy to offer it in the most authoritative translation by renowned translators of Korean literature. We hope that this series helps to build solid bridges between citizens of the world and Koreans through rich in-depth understanding of Korea.

바이링궐 에디션 한국 현대 소설 030
Bi-lingual Edition Modern Korean Literature 030

Gingko Love

김하기
은행나무 사랑

Kim Ha-kee

Contents

은행나무 사랑

Gingko Love

"양 선생이 오늘 도장을 찍어 주었다는구만."

"아마 특사에서 이혼장에 도장을 찍어준 것이 이번으로 열 몇 번째가 되겠지요."

"양 선생과 부인 사이에 아무런 불화도 없이 서로 사랑을 확인하고 찍어 주었다니 다른 때완 달리 그리 가슴 아프진 않으이."

양 선생의 아내가 이혼을 요구한다는 소문은 진작부터 들렸으나 막상 이혼 합의서에 도장을 찍어 주었다는 소식이 특사에 돌자 장기수 선생들의 심정은 착잡하였다. 면회를 갔다온 양 선생은 시종일관 여유 있는 표정으로 동지들을 대했으나 옆방의 최 선생 말에 의하면 그가 방에

"I hear Mr. Yang signed the papers today."

"He must be the tenth person to sign divorce papers in this ward."

"But I am not as sad as I was for the others because he has no quarrel with his wife and only signed the papers because they care about each other."

There had already been rumors going around that Mr. Yang's wife had asked for divorce, but the news still dampened the mood of the long-term inmates. After the interview with his wife who visited him to the prison, Mr. Yang acted as if nothing had happened. But Mr. Choe in the next cell reported that

들어가자마자 벽에 머리를 짓찧으며 오열했다는 거였다.

조창호는 특사의 동지들이 숱한 정치적 박해와 수난에는 좌불(坐佛)처럼 의연하게 견디어 내는 데 비해 아내나 부모 형제의 문제에 부딪쳐선 의외로 쉬이 바닥 모를 좌절감에 주저앉는 걸 보며 의아하게 생각했다. 도대체 사랑이란 무엇인가? 평생 여자 손목 한 번 잡아 본 일이 없는 그로선 왜 소설이나 역사 속에 중요한 대목마다 여자와 사랑이 튀어나오는지 이해할 길이 없었다.

"여, 총각 동맹 위원장. 운동 안 나가오?"

방한모를 쓴 최 선생이 언 손을 부비며 말했다. 삼십 년 동안 감방에서 숫총각으로 늙어 버린 조창호를 동지들이 장난 삼아 총각 동맹 위원장으로 추대했다.

"지금 막 나가려는 참입니다. 양 선생은 안 보이시네요."

"아내를 떠나보내고 운동할 정신이나 있겠소. 모자를 쓰고 나오시오. 밖에 눈발이 날리고 있소."

좁다란 칸막이 운동장에는 최 선생의 말대로 희끗희끗 눈발이 날리고 있었다. 구석에 우뚝 솟아 있는 철봉대가 오늘따라 유달리 외로워 보였다. 양 선생은 철봉을 잘해 특사의 동지들이 양철봉이라고 불렀다. 잔나비처럼 몸이

Mr. Yang had broken down and started banging his head on the wall when he returned to his cell.

It puzzled Cho Chang-ho how his comrades who had bravely endured political persecution and suffering like the Buddha simply succumbed to despair when they had problems with their spouses, siblings, or parents. *What is love anyway?* Never having held a womans hand in his, he couldn't fathom why every chapter, in fiction or in history, had to deal with love and women.

"Hey, Mr. Chairman of the Bachelors' Society! Won't you go out and stretch?" Mr. Choe asked, wearing a winter hat with earflaps and rubbing his frostbitten hands. His comrades had jokingly given Cho Chang-ho the title because he had no romantic experience whatsoever and had had to remain a bachelor during thirty years in prison.

"I was just about to. Have you seen Mr. Yang?"

"Do you expect him to think about exercise after just splitting up with his wife? Get your head covered, it's snowing outside."

Snowflakes were flying all over the small fenced exercise field. The tall chin-up bar in the corner looked particularly desolate that day. Mr. Yang was so good at doing chin-ups that his fellow inmates

날렵한 그는 한 손으로 철봉을 움켜잡은 채 몸을 앞뒤로 후렸다가 한 바퀴 공중제비를 돌곤 했다.

"알고 보면 양 선생 아내도 참 맘씨 고운 여자지. 어쩌겠소. 갈라진 나라에 온전한 사랑이 있을 수 있겠소."

최 선생은 부옇게 쏟아지는 함박눈을 맞으며 안타까워했다. 양 선생은 전쟁이 나자 사랑하는 아내의 전송을 받으며 의용군에 입대했다. 총신이 녹슨 38식 보총을 들고 엄청난 물량의 미군 공세와 대치하면서 고무줄처럼 늘어졌다 당겨지는 화선(火線)을 전전했다. 초토화된 조국 산하를 떠돌아다닌 끝에 휴전이 될 무렵 자신이 북에 있음을 알았고 어쩔 수 없이 북에 눌러앉아 양정계원으로 일하던 어느 날 그는 대남 연락부의 소환을 받아 공작원으로 남파되었다. 부과된 과업을 마치고 귀환 하루 전날 남대문 시장으로 구경 나갔다가 국밥집 앞에서 꿈에도 그리운 아내를 만나게 된 것이다. '여보'라는 말이 나오려는데 양 선생은 차마 그 말을 하지 못했다. 아내의 배가 불러 있는 것을 발견한 것이다.

"여보, 미안해요."

아내가 먼저 울음을 터뜨렸다. 양 선생은 우는 아내를 달래어 국밥집에 데리고 들어가 설렁탕을 시켰다. 아내는

had christened him "Chin-up Yang." Nimble as a monkey, he would grab the bar with one hand, sway his body to and fro and swing in a circle over the bar.

"Mr. Yang's wife truly is a good woman. But what can they do? How can their love survive in a divided country?" Mr. Choe lamented their predicament while watching the brisk snowfall. When the war had broken out, Mr. Yang enlisted in the North Korean Army amidst his wife's farewell. Carrying a rusty 38, he found himself caught in the middle of the shifting line of fire, fighting against well-armed American soldiers. After the truce was declared, when the country was little more than a heap of ashes and ruins, he realized that he ended up in North Korea, and therefore he had no choice but to live there. One day while we was working at the office of food rations, he was summoned to the intelligence agency to be dispatched to South Korea. Just a day before he was to return to North Korea after completing his mission, he went to look around the Namdaemun Market and ran into his deeply missed wife in front of a restaurant. He was about to call her "darling," but the word died on his lips. She was pregnant.

허연 김이 올라오는 탕국에다 하염없이 눈물을 떨구며 그간의 생활을 이야기하였다.

"당신이 떠나고 난 뒤에 살길이 막막했어요."

양 선생이 집을 떠났을 때 아내는 임신 중이었다. 달이 차서 유복자 상진이를 낳고 보니 생계는 더욱 어려워졌다. 미군 부대에서 나오는 꿀꿀이죽으로 모자가 간신히 연명을 하고 있던 어느 날 중년 신사가 와서 아내에게 제안을 하였다. 자신과 본부인 사이에 자식이 없는데 자기 자식을 낳아 주면 어려운 생활을 거두어 주겠노라고. 아내는 처음에는 단호히 거절하다가 중년 신사가 본부인까지 거느리고 와서 통사정을 하자 남편은 집 떠난 지 칠팔 년이 되어도 소식조차 없고 자식은 배가 고프다고 밤낮으로 마른 젖을 쥐어짜며 칭얼거리는 처지를 고민한 끝에 마음을 모질게 먹기로 하였다. 대신 아내는 그에게 한 가지 조건을 제시하였다. 지금의 자기 자식을 정식으로 호적에 올려 적자로 대우해 주겠다면 어떤 일이든 하겠노라고. 신사와 본부인은 고개를 끄덕이며 흔쾌히 허락했다. 그 후 아내는 그 사람의 씨받이가 되어 아들을 하나 낳아 주었고 다시 임신을 해서 육 개월째 되던 날 우연히 시장 거리를 지나치다 옛 남편 양 선생을 만나게 된 거였다.

"Honey, I'm sorry." She broke into tears. He tried to comfort her and led her inside a restaurant, where he ordered *sollongtang*. She couldn't stop sobbing over the steaming beef soup and rice, as she was telling him the tale of her sufferings.

"I didn't know what to do to make ends meet after you had left." She had only discovered that she was carrying his child after he was drafted into the army. Life became even harder after their son, Sang-jin, was born. They lived from hand to mouth, rummaging for leftovers outside the American base. One day, a middle-aged gentleman offered to look after her and Sang-jin if she agreed to bear him a child. He said that he and his wife wanted to have children, but have not been able to have one. She rejected his offer right away, but the gentleman brought along his wife to plead with her. She hadn't heard from her husband in seven years by then, and was anguished by the constant crying of her son rooting uselessly on her dried-up breasts as though he was still a baby. She thought hard about his offer and decided to accept it for the sake of her son. In return, she asked the gentleman to adopt Sang-jin and enter his name in his family register. He and his wife were only too happy to accept the request. She

양 선생은 남의 애기를 임신해 배가 불러 있는 아내를 쳐다보며 무거운 마음으로 담배를 꺼내 물었다.

"본부인은 당신을 시샘하지 않소?"

"저 때문에 오히려 가정에 평화가 왔다며 잘 대해 주십니다."

"중년 신사는……"

양 선생의 목에 굵은 침이 걸려 뒷말이 나오지 않았다.

"당신 아들 상진이를 제 자식처럼 귀여워해 주는 고마운 어른이십니다. 용서해 주세요. 하지만 전 여전히 당신을 사랑합니다."

아내는 삐걱거리는 식탁을 부여잡고 어깨를 들먹였다.

"난 당신이 거짓을 모르는 착한 여자라는 걸 잘 알고 있소. 하느님이 당신의 살길을 도우신 게요. 상진이를 잘 키우시오. 우리가 죽어 먼 훗날 다시 인간으로 태어난다면 그때는 결코 이런 이별이 없는 아름다운 사랑을 맺읍시다."

양 선생은 아내의 손을 꼭 쥐어 주고는 길을 떠났다. 그리고 휴전선을 넘어가다 포위망에 걸려 체포된 것이다. 그가 잡혀 무기징역을 산다는 소식을 들은 아내는 중년 신사와 함께 면회를 왔다. 그 다음부턴 아내가 가끔 혼자

became a surrogate mother for the couple. She had already borne them a son, and was six months pregnant again when he ran into her in the market.

Mr. Yang glumly lit a cigarette, staring at her belly swollen with someone else's baby.

"Doesn't his wife get jealous of you?"

"On the contrary, she is kind to me, saying I have brought peace to her family."

"And...the guy?" He faltered, feeling a lump in his throat.

"He loves your son Sang-jin like his own. He is very generous. But please forgive me, I still love you..." She gripped the flimsy table, her shoulders quivering.

"I know you are a virtuous woman incapable of lying. It must have been God's way of helping you survive. Please take good care of our son. Maybe we'll be reborn as human beings in the next life, and we can love each other without ever being separated."

He squeezed her hands tightly and left. He was arrested while crossing the 38th Parallel. His wife heard that he had been imprisoned with a life sentence, and came to visit him with the gentleman. She would visit him alone now and then thereafter,

서 영치금을 들고 면회를 와서 울고 갔다. 그동안 세월이 흘러 상진이는 커서 S대 법대를 나와 청와대 비서실에서 근무한다고 했다. 양 선생은 몇 년에 한 번이라도 찾아 주는 아내가 고마웠고 그런 아내를 이해해 주는 아내의 현 남편이 너그럽게 생각되었다. 비록 자기 아들이 친애비도 모르고 자신과는 전혀 다른 길을 걸어가고 있지만 그렇게 서운하거나 못마땅하게 생각되지 않았다. 오히려 친애비로서 도리를 다하지 못한 게 미안할 뿐이었다. 작년에 본부인이 죽자 노신사는 양 선생의 아내를 자신의 본처로 호적에 올리려고 하였다. 서류상으론 아내는 여전히 양 선생의 아내로 되어 있었다. 이혼 얘기를 먼저 꺼낸 사람이 양 선생이라는 말도 있었지만 아마도 그의 아내가 조심스레 먼저 운을 뗐을 터이다.

"그래도 다짜고짜로 찾아와서 이혼을 요구하는 여자들보다 얼마나 고맙소. 비록 양 선생이 가슴은 아프겠지만 심성 고운 아내에게 감사할 거외다."

최 선생은 방한모를 벗어 들고 어깨와 등에 쌓인 눈을 툭툭 털며 들어갈 채비를 하였다.

"최 선생님, 남녀 관계라는 것이 꼭 필요한가요? 가족이라는 형식적인 틀이 혁명에 짐이 되지는 않는가 말입니

bringing him money, and weeping every time. Meanwhile, their son had grown and was working at the Presidential Office after graduating from S. National University Law School. Mr. Yang was grateful that his wife came to see him every few years, and thought the gentleman generous and understanding. His son did not even know about his father and lived a life completely different from his, but this did not sadden or upset him. If anything, he only regretted being unable to fulfill his duty as his biological father. When the gentleman's wife died, he wanted to put the name of Mr. Yang's wife in his family register as his legal wife. She remained Mr. Yang's wife until then, at least in paper. There was talk that it was Mr. Yang himself who broached the subject of divorce, but it was probably she who gave him hints.

"But Mr. Yang is still lucky. Other women, they would just barge in and demand a divorce. It must be heartbreaking for him to have this happened to him, but he must be counting himself blessed with such a virtuous woman." Before heading back inside, Mr. Choe took off his hat and shook off the snow from his shoulders and back.

"Are relations with women really necessary, Mr.

다."

"조 선생은 여자가 그립지 않소? 어쩌면 올바른 가정의 행복, 진실된 남녀의 사랑을 위해서 혁명이 필요한지도 모르오. 조국 분단과 현 독재 정권은 엄청난 가족 파괴를 가져왔잖소? 전쟁 직후에 체포된 동지들의 아내와 딸들은 어김없이 놈들의 전리품이 되었고 지금도 애국 양심수들을 마구잡이로 집어넣어 숱한 가족들을 생이별시켜 놓지 않소. 올바른 국가가 서고 혁명 재판소가 설치된다면 현 독재자들을 무엇보다도 우선 가정 파괴범으로 단죄하고 싶소. 한때 혁명가들에게 결혼은 투쟁의 걸림돌이 된다고 터부시한 적이 있지요. 그때는 모두들 분연히 가정을 떨치고 나와 산과 들에서 무기를 들고 항일대전에 나설 때였지요. 그러나 조국의 통일이 장기성 간고성 복잡성으로 규명된 지금, 사랑에 기초한 흔들리지 않는 가정이야말로 가장 튼튼한 혁명의 요새라고 생각합니다. 총각 동맹 위원장의 직함이 반드시 명예스러운 것만은 아님을 명심하시오."

최 선생은 몰입된 표정으로 말했다. 대화의 분위기가 너무 진지한 것 같아 조창호는 슬그머니 말을 돌렸다.

"최 선생님은 공화국에 처자를 두고 있어서 양 선생처

Choe? Don't you think they, and the institution of family, can jeopardize the revolution?"

"Don't you miss women, Mr. Cho? Perhaps we need a revolution to bring happiness to families and support love between men and women. Haven't the division of our fatherland and the current dictatorship destroyed so many families? After the war, didn't the wives and daughters of our comrades become the enemy's spoils? And even now, aren't they randomly throwing patriotic freedom fighters in prison, separating them from their families? If a legitimate state is established and a revolutionary court is set up, I would like to see the dictators punished for breaking up families, among other crimes. True, there was a time when marriage was prohibited because it was considered an obstacle to the revolution. At the time, everyone broke away from their families and fled to the fields and mountains to take up arms against the Japanese colonialists. But now that the unification of our fatherland seems like a long, difficult, and complicated struggle, I'm inclined to believe that a steadfast family held together by love is the strongest fortress of the revolution. So don't think that being chairman of the Bachelors' Society is something just to be proud

럼 이혼 걱정은 없겠습니다."

"허허, 그게 더 문제요. 나야 갇힌 몸이니까 어쩔 수 없는 독수공방 신세지만 떠나올 당시 한창 피어나던 몸을 가진 마누라야 얼마나 고통스럽겠소. 당의 따뜻한 보호와 뭇사람들의 배려 속에서 억지 춘향격으로 수절해야 할 형편이니 오죽 답답하겠소. 뒤에 내려온 사람들 얘길 들어 보니까 남파자 가족들에겐 당에서 《영광》이란 잡지를 만들어 돌린다더군. 하지만 《영광》을 읽는다고 인간적으로 허전한 마음이 메꾸어지겠소? 위원장은 아직도 어른이 아니야. 사랑을 해 봤어야 얘기가 통하지."

최 선생은 사뭇 얘기가 안 통한다는 투였다. 마침내 삐리리릭 담당의 호루라기 소리가 들렸다. 최 선생은 몸에 달라붙은 눈송이를 방한모로 때려 털었다.

"들어갑시다. 이놈의 눈은 펑펑 쏟아지기만 하고 그칠 줄을 모르니 내일 아침 제설 작업이 힘들겠군."

최 선생은 투덜거리며 사동으로 들어갔다. 조창호는 방으로 들어가면서 양 선생 방의 시찰구를 슬며시 들여다보았다. 양 선생은 냉벽에 등을 기댄 채 망연자실 넋을 놓고 앉아 있었다. 예상한 이혼이지만 양 선생은 엄청난 충격을 받은 듯했다. 남자는 사회 정치적 불행에는 잘 감내하

of."

Mr. Choe looked so serious and pensive that Cho Chang-ho felt he had to change the subject. "At least you don't have to worry about divorce, since you left your wife and children in the Republic."

"Ha ha, that's even tougher. I'm stuck here so I have no choice but to live like a bachelor. But it must have been agony for my wife to be left alone in the prime of her youth. She probably had no choice but to remain faithful regardless of what she wanted, with the Party and so many people looking out for her. It must have driven her mad. I heard from those who came to the South later that the authorities distribute a magazine called *Glory* to the families of those dispatched to the South. But could the contents of a magazine fill the emptiness in the hearts of those women? You're still naive, chairman. You wouldn't understand unless you experience love." Mr. Choe talked as if it was a hopeless conversation.

The guard on duty blew his whistle. Mr. Choe brushed off the remaining snow from his clothes with his hat. "Let's go in. This goddamned snow just wouldn't let up. It will be hard work clearing it tomorrow." He went inside, grumbling. On the way

지만 개인적 상처에는 쉽게 침몰하고 만다는 말이 정녕 사실인 듯싶기도 했다. 아니면 매사에 투철하고 철두철미 비타협적 옥중투쟁을 벌여 왔던 양 선생이 저렇게 넋을 놓고 앉았을 리가 없는 것이다.

조창호는 방 안에 들어와서 최 선생이 한 말을 곱씹어 보았다.

'위원장은 아직도 어른이 아니야. 사랑을 해 봤어야 얘기가 통하지.'

과연 난 사랑의 감정을 전혀 못 느껴 보았는가. 오십이 넘은 나이에 아직도 어른이 못 되었단 말인가. 내게는 한 자락의 사랑도 없었을까. 전혀 없었다곤 말 못 하리라. 십 년 전 딱 한 번 사랑의 금단 지대인 이 감옥에서 누구보다 진지한 사랑의 체험을 했었지. 세상에 그 누구도 사랑이라는 이름을 붙여 주지 않을 부질없는 관념적 유희에 불과할지 모르겠지만 말이다.

"이런 제기랄, 왜 구멍은 뚫려 가지고 이렇게 심란하게 만드는지……"

변소 봉창을 덧대고 있던 판자울 한 조각이 비바람을 맞아 삭아 떨어져 길다란 구멍이 난 게 자꾸만 그의 신경

to his cell, Cho Chang-ho glanced through the peephole of Mr. Yang's cell. He was sitting absent-mindedly against the cold wall. Although he had known that the divorce was coming, its finality must have shocked him. It must be true that men know how to deal with political and economic misfortunes, but not personal ones. How else could he explain how Mr. Yang, who has stayed steadfast to the revolutionary cause through many years of ups and downs in prison, is sitting like that, staring off into space?

Back in his cell, Cho Chang-ho pondered Mr. Choe's words. Had he, indeed, never loved a woman in his life? Was he really naive, even though he was already over fifty? Didn't even a single drop of love find its way to his heart? He knew it wasn't true. Ten years ago, in that same prison where such things were forbidden, he had fallen passionately in love for the first time. Granted, some might dismiss it as an abstract, metaphysical kind of love, and therefore unreal.

"Shit, this crack is driving me nuts..." Cho Chang-ho was annoyed because one of the slats of the toilet window had been worn down by the elements,

을 쓰이게 했다. 더구나 밤이면 그 구멍 사이로 멀리 여사(女舍)의 불빛이 비쳐 들어오면 볼 수도 없고 안 볼 수도 없고 해서 좌불안석이었다.

이십여 년 동안 폐쇄독방에서 먹고 자고 이불 개고 운동하는 단순한 생활을 매일 반복하면서 그는 차차 감정이 없는 한 덩어리 돌이 되어 가고 있었다. 여자에 대해서는 전혀 고민해 본 적이 없다. 간혹 동지들이 과거 연애담을 꺼내 가라앉은 특사의 분위기를 들썩이게 하지만 그에게는 그저 지나치는 흥밋거리일 뿐 관심 밖의 일이었다. 그도 그럴 것이 사춘기를 광산의 천리마 작업반에서 사회주의 조국 건설을 위해서 보냈고 결혼 적령기에는 남반부 혁명을 위해 사선을 넘나들다 고스란히 감옥으로 들어와 여자를 생각할 겨를이 없었다. 그러나 엄밀하게 따져보면 생각할 겨를이 없었다기보다 그런 생각을 오히려 피했다고 보는 게 정확할 것이다. 모든 동지들이 그런 틈서리에서도 희한하게 청춘 사업들을 잘 하지 않았던가. 그의 냉엄한 정열은 한평생 독신으로 살며 호지명 동지나 카스트로 동지처럼 조국과 결혼한 그런 혁명가를 요구하고 있었다. 그러나 마흔이 넘어 우연히 뚫린 판자 구멍으로 여사의 불빛을 훔쳐보고 묘한 감정이 일어나는 건 무슨 음양

leaving a long gap in the window. It bothered him at night when the light from the women's ward in the distance filtered through the crack. He wasn't sure whether to look or not.

The daily monotony of eating, sleeping, rolling the sleeping mat, and working out in a tiny cell for two decades had turned him into stone, incapable of feeling. He never gave a thought to women. Sometimes, his comrades would brag about their past love affairs, warming up the mood in the somber ward. But these were short-lived moments that didn't interest him. It was no surprise since he had spent much of his adolescence working in the mines to help build the socialist fatherland as a member of the Chollima Corps. As a bachelor in his prime, he survived one life-and-death crisis after another, struggling to bring the revolution to the South, only to end up in prison. He had no time to =think about women. To be precise, he learned not to think about them. All of his comrades seemed to have jumped at every chance to have a love affair even when they were occupied with similar work. But Cho Chang-ho's revolutionary zeal drove him to aspire to emulate unmarried revolutionaries like Comrade Ho Chi Minh and Comrade Castro who

의 조화란 말인가.

나팔수의 취침나팔 소리가 어둔 밤하늘을 길게 그으며 울려 퍼졌다. 그는 다시 한 번 떨어져 나간 판자 구멍 사이로 머리를 어른거리며 여사의 불빛을 쳐다보았다. 그런데 여사 맨 끝방에서 이곳의 불빛을 보았는지 옥창 불빛이 깜빡거리지 않는가. 끝방의 여자가 특사 방의 깜빡거리는 불빛을 보고 손을 흔들며 신호를 보내는 것이 분명했다. 그는 일순 당황했으나 자기도 모르게 구멍에 손을 대고 흔들어 신호를 보냈다. 여사 끝방 창에서도 불빛이 연달아 깜빡깜빡했다. 그는 가슴이 울렁거렸다. 생애 최초로 여자로부터 받은 손짓이었다. 그도 다시 손을 흔들어 불빛 신호를 보냈다.

"2578 조창호! 취침 시간에 잠 안 자고 변소간에서 뭐 하는 짓이야! 달밤에 체조해, 앙!"

순시를 돌던 담당이 목찰을 뽑아 들고 시찰통을 탕탕 치며 소리쳤다.

"죄송합니다. 워낙 추워 운동 좀 하고 자느라고 그랬습니다."

그는 자신의 행동 전체가 탄로난 것 같아 얼굴을 붉히며 변명했다.

were betrothed to their fatherlands. So he was mortified by the irony of finding himself at forty, feeling a rush of emotions after stealing a glance through the accidental crack in the window slats.

A siren announcing lights-out pierced the darkness and reverberated for a long time. Cho Chang-ho placed his eyes on the crack and watched the light from the women's ward. He noticed the light in the last cell blinking. A female inmate must have seen the light from his cell and was trying to signal with her hand. Startled, he also signaled by moving his hands over the crack. The light in the last cell flickered in reply. His heart pounded. It was the first time in his life that he'd received a gesture from a woman. He made a few more light signals by waving his hands.

"2578, Cho Chang-ho! What the hell are you doing in the toilet at this hour? Are you doing gymnastics in the moonlight or what?" the guard on duty yelled, banging the wooden tablet that held the inmates' names against the door.

"I'm sorry, sir. It was so cold that I was trying to get warmed up." Cho Chang-ho reddened as he blurted out the excuse, as though he had been caught in the act.

"나팔 불면 제발 빨리 자라구. 우리도 귀찮단 말이야, 응!"

이제 풀잎 두 개 단 새파란 간수가 저보다 스무 살 서른 살 위인 동지들에게 거저먹기가 예사였다. 속으론 부아가 났지만 자신의 우스꽝스런 행동이 부끄러워 잠자코 잠자리에 들었다. 간수의 잔소리에 비위가 긁혔음에도 불구하고 그날 밤 그는 여사 끝방의 깜빡거리는 불빛에 휩싸여 온통 흥분하고 밤을 지샜다.

여사의 불빛은 그날 밤 이후로 매일 밤 취침나팔이 끝남과 동시에 깜빡거렸다. 그도 두근거리는 가슴으로 판자 구멍으로 불빛 신호를 보내면서 도대체 그 여자가 누군지 궁금했다. 아마도 자신처럼 외로운 사람임에 틀림없으리라.

그는 여사 옥창의 깜빡거리는 불빛을 받고 잠자리에 들 때면 한껏 공상의 나래를 폈다. 그녀는 별빛 같은 초롱한 눈매에 밤에 내리는 눈처럼 새하얀 피부를 가지고 있으리라. 마음은 겨울 햇살처럼 따사롭고 생각은 은하수처럼 맑을 것이다. 그리고 분명히 특사의 불빛을 이해하는 장기형을 받은 정치범일 것이다.

단지 불빛 신호를 보내는 사람이 여자라는 이유만으로 이렇게 가슴이 뛰고 설레이는데 직접 여자와 손을 잡고

"You're supposed to hit the sack the moment you hear the siren. Don't make any more trouble now."

Cho and his comrades were twenty, maybe thirty years older than the guard with only two blades of grass on his badge, but they were as rudely treated as this. Cho Chang-ho seethed inside, but he went to bed without protest, ashamed of his foolishness. He had trouble sleeping, so excited about the flickering light from the last cell of the women's ward despite the sting of the guard's rudeness.

From then on, the light would blink every night after the siren from the women's ward. Heart hammering on his chest, he would signal back, wondering who she was. Someone lonely likes him, to be sure.

When he tried to sleep after these contacts, his imagination would run wild. He imagined her having sparkling eyes, like stars, and bright skin like snow falling in the night. Her heart must be warm as sunshine in winter, and her mind as pure as the heavens. She was probably a longtime political prisoner who has been in prison long enough to understand the light signal in the special ward.

The fits of pleasure he went through exchanging signals with a woman made him wonder what it

연애를 하는 사람들은 얼마나 가슴이 벅차오를까. 이런 뿌듯한 행복감은 처음으로 노동당에 입당해서 선서를 할 때, 혹은 초대소에서 지옥의 훈련을 받고 혁명의 땅 남조선에 밤배를 타고 첫발을 내디뎠을 때 느끼는 감격적인 행복감과는 질적으로 다른 부드럽고 애틋하며 가슴에 촉촉히 젖어드는 신비한 감동이었다.

그는 그녀가 보내오는 불빛 한오라기 한오라기를 온몸으로 받아들였다. 그는 이제 찬 마룻장에 모포 없이 누워도 춥지가 않았다. 그녀의 불빛은 새의 깃털처럼 가볍고 포근하며 들국화처럼 은은한 향기가 배어 있어 그 빛에 닿으면 온몸이 전율을 일으켰다.

바람이 불고 비가 내리고 눈이 와도 여사에서 깜빡거리며 비추는 그녀의 빛은 그치지 않았다. 그는 한 해가 저물어 가는 세모에도 변소 봉창에 서서 무릎을 떨며 그녀의 불빛 신호를 기다리고 있었다. 시간이 차츰 흐름에 따라 그녀가 보내는 빛의 질감을 느낄 수 있었다. 그리고 그 빛 속에서 심장의 부동맥과 같은 불안정한 감정을 읽을 수 있었다. 그녀는 다소 흥분되어 있으며 때로는 격렬한 감정의 전이 상태에 놓여 있음을 빛의 흔들림으로 알게 되었다.

would be like to actually hold the hand of a woman you love. It was a different sort of happiness from what he felt when he joined and pledged allegiance to the Workers' Party, or when he first stepped off the boat on South Korean soil under cover of night to advance the revolution after a grueling training. He felt a pang of affection and anxiety mingling inexplicably and stirring in his heart.

He allowed her every gesture with light to suffuse his soul. He no longer felt cold sleeping on the floor without even a blanket. Her light signals sent frissons all over his body, soft and light as feathers, and fragrant as wild flowers.

She never failed to send light signals no matter the weather—wind, rain, or snow. Even in winter, as the year drew to a close, he posted himself by the toilet window, knees trembling, waiting for her signal. Over time, he learned to distinguish nuances in her signals. He could tell when she was agitated, as if he had his finger on her pulse. Her repertoire of light flashes told him when she was just a little hyped up and when she was going through violent mood swings.

He no longer found it enough to fantasize about her. He wanted to soothe her whenever she sig-

그는 더는 그녀에 대한 환상적인 생각만을 할 수 없었다. 그녀의 흔들리는 불빛을 어떻게든 차분하게 바로잡아 주고 싶었다. 그녀와 한 마디라도 대화를 나눌 수만 있다면! 무의미한 몸짓으로 서로를 향해 몸부림치고 있다는 게 너무나 안타까웠다. 어떻게든 그녀에게 의미를 전달할 방도가 없을까? 그는 여러 모로 궁리하던 어느 날 밤 전광석화와 같이 뇌리를 때리는 게 있었다.

"모르스다!"

그래, 이 깜빡거리는 불빛 간격을 이용해서 똔쯔으(· —)를 만들어 보내 보자. 그녀가 만에 하나 우리와 같은 일을 한 경험이 있다면 이해할 수 있을 것이다. 그는 특사에서 통용되는 타전을 불빛으로 바꾸어 보내기로 작정했다. 그날 밤부터 그는 불빛이 새어 나가는 판자 구멍을 손으로 일정한 간격으로 가렸다 떼고 다시 가리면서 모르스 신호를 전달하였다. 짧은 순간 가렸다 떼면 똔(·)이고 길게 가렸다 떼면 쯔으(—)로 해서 ㄱ에서부터 ㅎ까지 자음을 차례대로 모르스 신호로 바꾸어 보내고 뒤이어 ㅏ에서 ㅣ까지 모음을 키로 때리듯 불빛 신호로 바꾸어 여사옥창으로 향해 보냈다. 그러자 놀랍게도 그녀로부터 같은 신호가 오는 게 아닌가. 그녀도 타전을 친 경험이 있음에

naled frenziedly. If only he could exchange even a word with her! It frustrated him how they were like two desperate people making meaningless signs to each other. He racked his brain for a way to send messages to her, and hit on an idea one evening.

Morse code! It suddenly seemed obvious. He signaled the 'dots' and 'dashes' by adjusting the intervals between the flashes of light. He knew she would be able to decipher the code if she had any experience in the field like him, since the telegram code was commonly used among comrades. That night, he tried it by blocking the crack with his hand at fixed intervals: a short one for a dot, a long one for a dash. He tried transmitting the consonants in the Korean alphabet using Morse code, followed by the vowels. To his surprise, the same codes were flashed back from her window. She must have been trained in Morse code as well. Wild with delight, he sent his first Morse message: "Hello." She sent a return greeting. He was breathless with excitement. He continued sending messages using light signals, and she replied in kind.

"My name is Cho Chang-ho."

"My name is Kim Yeong-ji."

"Hometown?"

분명했다. 그는 미친 듯이 기뻐하면서 맨 처음 불빛 타전으로 '반갑습니다'라는 신호를 만들어 띄웠다. 그녀도 '반가워요'라는 신호를 보내왔다. 그는 너무나 흥분한 나머지 숨이 멎을 듯하였다. 그는 계속 불빛 타전을 보냈다. 그녀도 깜빡이며 응답했다.

"저는 조창호입니다."

"저는 김영지예요."

"고향은?"

"경남 남해."

"나이?"

"이십칠."

"죄명?"

"국가보안법 등등."

"몇 년?"

응답이 없었다. 그는 불빛 타전을 접수하지 못했는가고 생각해서 다시 또박또박 톤쯔으를 보냈다.

"몇 년 형을 받았소?"

그녀는 한참 머뭇거리다 신호를 보냈다.

깜빡깜빡 까암빡 깜빡 까암빡.

그는 그녀의 불빛 타전이 믿기지 않았다. 그러나 분명

"Namhae, Gyeongsangnam-do."

"Age?"

"Twenty-seven."

"Charge?"

"Breach of the National Security Law, etc."

"Sentence?"

There was no answer. He transmitted the message again, more slowly, thinking she might have missed it.

"How many years did you get?"

It took her some time to signal back. Short, short, long, short, long.

He could not believe his eyes. "*Capital punishment," she had answered. Capital punishment! What kind of treason could a 27-year-old woman have committed to be given such a sentence?* He sent one signal after another asking her why, but there was no answer. Now he understood why her messages blew hot and cold, why at times they were vivid, and at others, feeble, like the pulse of someone with a heart ailment. She was signaling with the light of imminent death surrounding her.

Capital punishment!

He had gotten the same sentence on his first trial. The judge might as well have thwacked his mallet

그녀는 사형이라고 썼다. 사형! 스물일곱의 처녀가 얼마나 엄청난 대역죄를 범했길래 사형을 선고받아야 한단 말인가. 그는 왜?라고 끊임없이 신호를 보냈다. 그러나 아무런 응답이 없었다. 왜 그녀의 불빛이 포근하면서도 서늘하고 튀는 듯이 싱싱하면서도 심장병 환자의 부동맥처럼 불안정했는지 이제야 알 것만 같았다. 그녀를 감싸고 있는 죽음의 빛이 반사되어 전달된 것이다.

'사형!'

그도 일심에서 사형을 언도받았다. 그때 판사의 뭉툭한 망치 소리가 뒷골을 때리는 듯 강타했었다. 조국을 위해 선 이 한 목숨 초개같이 바치겠다고 결심한 장부도 정신을 잃을 정도로 아뜩한 나날을 보냈는데 가녀린 여자의 몸으로 사형을 선고받으니 얼마나 많은 고통을 안고 살아갈까. 사형수는 양 손목을 옆구리에 묶어 놓는 혁수정을 차게 된다. 그렇다면 지금까지 그녀는 옥창에다 전신을 움직여 나에게 불빛 신호를 보냈다는 결론이다. 미세한 불빛의 깜빡거림이 그녀의 최후의 몸부림에서 흘러나왔다는 말인가. 그 고통의 몸부림을 이해하고 싶었다. 왜 그녀는 나에게 몸짓 언어를 보냈을까.

그는 다음날 밤 그녀에게 터질 듯한 가슴으로 불빛 타

on the back of his head. Although he was ready to offer his humble life for the fatherland, he was in a stupor for many days after the sentence was handed down. He tried to imagine her suffering, the suffering of a delicate woman. Those on death row were made to wear a leather handcuff that bound their wrists to the waist. It dawned on him that the only way she could send him signals was to move her entire body in front of the window. The faint flashes of light came from her body struggling desperately in the face of death. He wanted to feel her pain, to understand what drove her to seek contact with someone. The following night, he sent her a message, anticipating her answer. "Don't lose hope, Comrade Kim Yeong-ji!"

Still there was no answer. He kept sending the same message all night, sitting next to the crack in the window slats. He did the same the following night, but the light on her cell did not flicker.

On a cold and wet winter night, the powerful beam of light from the watchtower collided with the raindrops, fogging the surroundings. The siren slowly sliced through the murky air. A sputtering flash of light finally came from her cell. At first he thought that the rain caused it, but the flashes came at regu-

전을 보냈다.

"김영지 동지, 제발 용기를 내십시오."

그러나 여전히 아무런 응답이 없었다. 그는 그날 밤 내내 변소 봉창에 붙어 서서 뚫린 판자 구멍으로 그 말을 띄워 보냈다. 그 다음날도 그는 안타까운 마음으로 불빛 신호를 보내었으나 옥창 불만 외롭게 비칠 뿐 반응이 없었다.

겨울비가 추적거리는 밤이었다. 망루의 강렬한 불빛이 빗물과 부딪쳐 안개와 같은 포말을 튀기고 있었다. 취침 나팔 소리가 물 위로 너울거리며 애처롭게 울려 퍼졌다. 그녀의 방에서 깜빡거리는 불빛 신호가 왔다. 그는 처음엔 빗물 기운에 흔들리는 불빛인 줄 알았다. 그러나 그 불빛은 일정한 간격으로 그를 향해 깜빡거리고 있었다. 그도 신호로 응답했다.

그녀는 반짝이며 말했다. 지금 울고 있다고. 그리고 그 다음 날은 죽고 싶다고만 했고 그 다음다음 날은 빨리 죽고 싶다고 했다. 그녀는 쪼개진 빙판 사이에서 표류하며 몸부림치고 있었다. 그는 그녀에게 느리고 먼 불빛으로밖에 얘기할 수 없는 현실이 안타까웠다. 그러나 그는 최선을 다해 그녀에게 희망을 주려고 노력했다. 그녀는 왜 사형을 받게 되었는지 간단한 명사와 동사로 구성된 불완전

lar intervals, unmistakably meant for him. He immediately answered.

That night, she said that she was crying. The following night, she said that she wanted to die. The night after that, she said that she wanted to die as soon as possible. She was struggling, as if caught adrift between two glaciers floating towards each other. He felt useless, unable to do anything but talk to her through flashes of light. But he did his best to infuse her with hope. Haltingly, in fragments of simple nouns and verbs, she told him why she was given the death sentence. There were gaps and breaks in her story, but it was easy to fill in the blanks.

She and a handsome and ambitious young military officer had fallen in love. After they were married, he discovered that Yeong-ji came from a disgraced family. Her father collaborated with the North Korean Army during the war and served time in prison. She tried to ask for his forgiveness, but the ambitious officer wanted nothing short of a divorce. Overcome with grief, she fled home and stowed away on a ship bound for Japan. There she met her maternal uncle, who was a senior official of the ethnic Korean association tied to North Korea. He half

한 문장으로 타전해 주었다. 때로는 문장의 비약이 있고 문맥의 결탁이 있어 추측해야 할 부분이 많았지만 그녀의 의도를 파악하기란 그렇게 어렵지 않았다.

그녀는 젊은 장교와 연애결혼했다. 장교는 늠름했고 출세욕이 강했다. 장교는 결혼한 뒤에야 영지가 문제 있는 가문의 딸임을 알았다. 영지의 아버지가 6·25 때 부역하여 징역까지 산 것을 알았던 것이다. 출세욕에 불타는 그는 용서를 비는 영지에게 이혼을 요구했고 영지는 슬픔에 못 이겨 집을 뛰쳐나와 무작정 일본행 밀항선을 타게 되었다. 일본에서 그녀는 우연히 조총련 간부인 외당숙을 만나 그의 강권에 못 이겨 입북해서 소정의 교육을 받고 재차 입국했다. 그녀는 아직도 완전히 이혼을 하지 않은 남편을 찾아 다시 재결합을 호소하던 중 영문도 모르게 잡혀 들어왔다. 알고 보니 대한민국 정부가 그녀의 외당숙을 조총련계 추석 성묘단 일행으로 초청 유인해 국내로 들어오자 체포해 온갖 회유와 협박 끝에 그의 입으로 입북시킨 영지를 불게 했던 것이다. 그녀는 북에서 교육만 받았달 뿐이지 대한민국 땅에서 간첩한 사실도 없고 그럴 생각도 없었다. 그러나 밀실의 시나리오는 달랐다. 소위 말하는 미인계를 써서 군 정보를 빼기 위해 군부에 침투

forced and half persuaded her to go to North Korea for a spy training before returning to the South. She went to her husband to plead for a second chance since they were still legally married. But she was arrested without warning. It turned out that the South Korean government had lured her uncle into visiting the South as part of his association's delegation on the occasion of *Chuseok* holidays only to arrest him. During interrogation, he was forced to reveal secrets, including Yeong-ji's activities. Although she had received training in the North, she was not working as a spy in South Korea and had no intention of doing so. But the authorities construed a different scenario. They accused her of using her wiles to infiltrate the military hierarchy in order to steal military secrets. She steadfastly denied the charges, but finally broke down after two months of torture. When he asked her how they had tortured her, she hesitated. After a moment, she answered vaguely with two words: group insult. She added that she was given the death sentence because of what they had done to her. She knew she would get capital punishment because they were afraid of her exposing their crime someday, if she lived. But she couldn't divulge what she had

했다는 거였다. 그녀는 완강히 부인했으나 두 달에 걸친 고문은 그녀로 하여금 그들의 각본에 굴복하도록 했다. 그가 어떤 고문을 받았느냐고 물었을 때 그녀는 한참 망설이다가 '집단능욕'이라는 애매한 단어를 보냈다. 그리고 그러한 고문 때문에 그녀는 사형을 받았다고 했다. 자신을 살려 두면 언젠가 그들의 죄상이 폭로될 것이 두려울 것이기에 당연히 사형받을 줄 알았다는 것이다. 그런 얘기는 법정에서나 친척 그 누구에게도 차마 부끄러워 말할 수 없었다는 거였다.

"개 같은 자식들!"

그는 '집단능욕'이라는 말에서 짐승 같은 놈들의 흉측성을 생생하게 추적해 낼 수 있었다. 왜 그곳에 들어가면 옷부터 벗기는지 그는 알고 있다. 인간을 존엄하게 대해 주어서는 아무것도 얻지 못한다는 걸 놈들은 금과옥조로 생각한다. 맞으면 깨갱거리고 꼬리를 사타구니에 사려 넣는 개가 되고 벌거벗은 채 구두 밑창을 혀로 핥는 미친년이 되어야 인간의 신의와 의리를 바닥에 내팽개치고 고귀한 정신을 토해낼 수 있다고 확신하는 것이다.

그녀의 불빛은 비를 맞아 흔들리고 있었다. 그녀는 울고 있음이 분명했다. 그녀가 아무에게도 못 하는 얘기를

gone through to the judge or to her family because of shame.

"Sons of a bitch!"

The term "group insult" aroused Cho Chang-ho's memory of the brutality of those bastards. He knew why they first stripped people naked before questioning them. They knew full well they wouldn't get anything out of them if they treated people with dignity. They believed that human beings would forget about loyalty and duty, and ignore their higher instincts, if you beat them up like dogs and made them lick the bottom of your shoes, until they whimpered, tail between their legs.

Her light signals faltered in the rain. She was probably crying. He wondered why she confided in him. To have the truth known before she died? Or did talking about her humiliation through light signals make it easier, as if she were confessing to an invisible priest? He wanted to believe it was because she trusted him. No, he wanted to believe it was because she loved him—because she loved him back. His self-hate deepened each day because he could do nothing to help her, except stomp his feet in anger.

One night, the siren seemed particularly melan-

굳이 나에게 털어놓는 까닭은 무엇일까. 죽기 전에 진실을 밝히겠다는 것일까. 아니면 이런 불빛 대화가 보이지 않는 신부 앞에서 하는 고백성사처럼 부끄러운 얘기를 하는 데는 안성맞춤이기 때문일까. 그는 그녀가 자신을 신뢰하는 까닭이라고 믿고 싶었다. 아니, 그가 그녀를 사랑하고 있듯이 그녀도 자신을 사랑하는 까닭이라고 믿고 싶었다. 그런 그녀에게 아무런 힘도 되어 주지 못하고 그저 먼발치에서 발만 동동 구르고 있는 자신이 날이 갈수록 한없이 미워졌다.

기상나팔이 유달리도 구슬프게 들리던 어느 날 밤 그녀의 옥창에 비치던 불이 보이지 않았다. 그는 잘못 본 것인가 해서 눈을 비볐다가 다시 보았다. 분명 그녀의 방에만 불이 싸늘하게 꺼져 있었다.

'그녀가 집행당한 것은 아닐까?'

여러 가지 걱정과 상념으로 뜬눈으로 밤을 지샌 다음날 아침 조창호는 지나가는 교대 담당을 붙잡고 물어 보았다.

"혹 어제 사형 집행이 있은 건 아닙니까?"

턱이 짧고 가볍게 생긴 담당은 어떻게 알았냐는 듯 신기한 투로 대답했다.

choly. Her cell remained in shadow. He rubbed his eyes and looked again. The women's ward was lit up except for her cell. *Have they hanged her?* Fear and worry kept him awake all night. The next morning, he saw a guard going out after finishing his shift. "Say, did they hang anybody yesterday?"

The guard, who had a short chin that made him look flippant, seemed surprised. "I heard they hanged thirteen criminals all over the country, three from here. The former justice minister was against capital punishment so he had delayed signing the orders, but the new minister approved the execution right away."

"Who were they?"

"The usual: murderers, home wreckers, and spies... Ah, there was a woman among them, a spy. Kim Yeong-ji, I think she was called. She was quite a looker, I heard. It's a shame her beauty should be snuffed out so early, but she deserved it for using it that way. They said she used her body to get secrets from military generals. She seduced them to get them to divulge their secrets, which she smuggled to the North. She must have been born a tramp since they say she even offered the investigators sexual favors to get off the hook. I heard before she

"아마 전국에서 열세 명을 집행했다지. 우리 교도소에선 세 명을 달았지. 이번에 법무부 장관이 바뀌면서 한꺼번에 처리해 버린 거라구. 지난번 장관이 사형 폐지론자라 일부러 결재를 미루어 왔거든."

"어떤 사람들이 집행되었습니까?"

"뻔하지 않아. 살인범에다 가정파괴범 그리고 간첩들. 참, 우리 교도소에선 여자 사형수가 하나 집행되었지. 김영지라고 하는 간첩인데 말이야. 젊고 얼굴이 반반한 미인인데 가인박명이라고 다들 매달기가 아깝다고 하더군. 알고 보니 그 여자 얼굴값 하느라고 말이야, 군장성들에게 미인계를 썼다더군. 아랫도리를 흔들며 장성들에게 접근해 얼반 녹인 뒤 뒷구멍으로 정보를 빼내어 북으로 넘겼다는 거야. 수사관들에게도 육체적 향응을 제공해서 빠져나가려고 했다는 후문이 들릴 정도니 천생이 도화살이 낀 요부 아냐? 그런데 그 여자가 집행 직전에 수령 아바이 만세를 불렀다는데 김일성이는 복도 많은 놈이지."

신이 나서 턱을 까불리며 이야기하던 땜통은 비비 꼬인 웃음을 지으며 교대 받으러 가 버렸다.

그는 돌아서서 머리로 벽을 쿵쿵 짓찧으며 흐느꼈다. 김영지, 불빛으로 깜빡이더니 그예 꺼져 버렸나. 너의 한

died she shouted 'Long live Kim Il-sung,' lucky bastard." The guard left with a smirk, to formally hand over the keys and forms to the next shift.

Cho Chang-ho turned away and banged his head against the wall, sobbing. *Yeong-ji, your light is gone. Who will remember your suffering? Why were you born a woman in this war-torn country—so you could die miserably? It's unfair!* That night, he flashed one-way messages to her darkened cell. "Kim Yeong-ji, I never saw you, but I love you."

"Mr. Yang slit his wrists."

"What?" Surprised, Cho Chang-ho glanced up at Mr. Choe's grim face through the peephole.

"Luckily, it's not critical. They say he cut his wrists with a discarded tin sharpened all night on the concrete floor. A cleaner heard a faint moaning early morning and checked his cell. He would have died otherwise."

"He was that depressed?"

"To be honest, I didn't worry much about him because they had agreed on the divorce. But people have fragile emotions and they sometimes react to trivial changes in unpredictable ways. The relations between the sexes are governed by factors more

많은 죽음을 누가 알아줄 것인가. 왜 이 더러운 반도에 아름다운 여자로 태어나 비참하게 죽어 가야 하느냐! 이 바보 같은 여자야.

그날 밤 그는 여사의 불 꺼진 방을 향해 외로운 불빛 타전을 보냈다.

"김영지, 난 당신을 사랑합니다. 얼굴은 보지 못했지만."

"양 선생이 동맥을 끊었소."

"예?"

조창호는 깜짝 놀라 시찰구에 비치는 최 선생의 긴장된 얼굴을 쳐다보았다.

"다행히 생명에는 지장이 없는 것 같소. 밤새 통조림 깡통을 시멘트 바닥에 갈아서 칼을 만들어 양 팔목을 그은 모양이오. 새벽에 일 나온 소지가 가녀린 신음 소리를 듣고 양 선생 방을 쳐다보았다더군. 조금만 늦었어도 큰일 날 뻔했소."

"양 선생이 그렇게까지 할 정도로 충격을 받았나요?"

"사실 나도 이번 일은 그다지 신경 쓰지 않았지. 둘이 좋게 헤어졌으니까 말이오. 하지만 사람의 감정이란 미묘

complicated than political and economic theories can explain, and thus impossible to predict. That's why they say you can't become a man until you've fallen in love. Hurry, let's go and work to get rid of the snow."

Mr. Choe got shovels from the storage room. They kept talking while clearing the snow that had gathered on the exercise field.

"Does 'metaphysical love' count?"

"Metaphysical love?"

"For instance, if you passionately love a woman whom you've never seen, do you think that's love?"

"You must be speaking from experience, chairman. I have no doubt she was special, but I don't think it's love. Love isn't love if it has to be qualified. True love is what you see between ordinary people. But there's one exception."

Mr. Choe looked pensively at the snow-covered mountains beyond the prison fence.

"The purest kind of love is that that of our comrades, which cannot but be twisted because of the division of our fatherland. Mr. Cho, did you know that gingkoes are either male or female, unlike most trees, which are both? But the male and female gingkoes rarely stand side-by-side. They grow old

해 작은 변화에도 극한적인 대응을 하곤 하지. 특히 남녀 관계란 사회경제적인 법칙으로 풀 수 없는 여러 가지 경우수를 가지고 있어 예측이 불가능하지. 그래서 사랑을 해 보지 않은 사람은 어른이 못 된다는 것 아니오. 자 빨리 나오시오. 제설 작업 갑시다."

최 선생은 창고에서 눈가래를 꺼내었다. 조창호는 최 선생과 나란히 눈가래로 운동장에 쌓인 눈을 치우면서 말했다.

"관념적인 사랑도 사랑이라 말할 수 있을까요?"

"관념적인 사랑이라."

"예컨대 얼굴도 모르는 여자지만 그 여자를 절절히 사랑했다면 그게 사랑이라 할 수 있겠습니까?"

"총각 동맹 위원장이 그런 경험이 있었던 모양이구만. 그건 소중하지만 사랑은 아니라고 생각하네. 사랑이란 단어 앞에서 관형어가 나붙은 것은 사랑이 아니야. 그냥 일상적인 인민들이 나누는 사랑, 그 사랑이 진정한 사랑이지. 다만 나에게 예외적인 조항이 있지."

그는 새하얗게 눈을 덮어쓴 옥담 밖의 산들을 그윽히 쳐다보았다.

"분단으로 인해 기형적이 될 수밖에 없는 우리 동지들

alone for hundreds of years near village pavilions, knowing that hundreds of kilometers away is their partner. They always think of and yearn for each other. They cannot even take a step towards each other, but they communicate their affection through scent and colors. In a sense, we are all like gingkoes in this divided land. Far away from each other, we have grown old and gnarled, but we are still joined at heart. Ah, Mr. Yang has made me sentimental."

Mr. Choe resumed shoveling in a corner of the exercise field.

"I hope Mr. Yang will be better and swinging on the chin-up bar soon."

Cho Chang-ho beat the bar with his spade to dislodge the snow.

"He might not be able to do it as well as he used to because of his wrists, but I'm sure he'll be tougher if he recovers."

The winter sun shone down gently from the cloudless sky. Cho Chang-ho dropped the spade and waved his hands towards the sun.

"What are you doing? We have to go dump the snow."

"Hang on, Cho Chang-ho said. He fluttered his

의 사랑은 최상의 사랑으로 생각하고 있소. 조 선생, 은행나무가 암수 딴 그루임을 아는가. 그러나 암수 두 그루가 나란히 서 있는 경우는 극히 드물지. 대부분 홀로 정자 옆에서 수백 년을 늙어 가지. 하지만 그 나무는 수백 리 떨어진 먼 곳에 있는 자신의 배우자 나무를 알고 있다네. 그 큰 머리로 오로지 그 나무만을 생각하고 그리워하지. 서로에게로 한 발자국도 걸어갈 수 없지만 서로의 향기와 빛깔을 느끼며 아름다운 사랑을 나누며 지내지. 어떻게 생각하면 분단 시대 우리들은 모두 은행나무 사랑을 하고 있는지 모르오. 서로 멀리 떨어져 어느새 고목이 되어 버렸지만 마음은 항상 가까운 느낌이거든. 내가 오늘 양 선생 일로 너무 감상적이 되지나 않았소?"

최 선생은 눈가래를 들고 다시 운동장 구석으로 눈을 치우기 시작했다.

"아닙니다. 양 선생님이 빨리 회복되어 이 철봉대를 빙글빙글 돌 수 있었으면 좋을 텐데요."

조창호는 눈발이 붙어 있는 철봉대를 눈가래로 탕탕 때려 눈을 털었다.

"손목 동맥을 끊어 예전처럼 제대로 철봉을 하진 못할 게요. 하지만 이번 사건을 계기로 보다 굳은 심지를 갖게

hands to the heavens, to her: Yeong-ji, our love was sad but it was genuine like the gingkoes', wasn't it?

Translated by Sohn Suk-joo and Catherine Rose Torres

되겠지."

맑게 개인 하늘에 비치는 겨울 햇살은 무척 부드러웠다. 조창호는 눈가래를 내팽개치고 겨울 해를 향해 손을 흔들었다.

"조 선생, 지금 무엇 하고 있소. 이제 모은 눈을 밖으로 내다 버려야지요."

"잠깐만요."

그는 겨울 햇살에 손을 흔들며 하늘로 타전을 날렸다. '영지 씨, 우린 분명 사랑을 했지요. 슬픈 은행나무 사랑을.'

『은행나무 사랑』, 실천문학사, 1996(1991)

해설

Afterword

분단 모순 속의 사랑, 은행나무 사랑

장성규(문학평론가)

김하기의 「은행나무 사랑」은 1980년대부터 활발하게 창작되기 시작한 분단 문학의 흐름 속에서 중요한 문학사적 위상을 지니는 작품이다. 1980년대 한국 문학은 당시 한국 사회의 제반 모순들에 대한 폭넓은 탐구와 그 극복에의 의지를 다양한 방식으로 형상화했다. 그 중에서 분단 문학은 1945년 해방과 동시에, 당시 냉전 체제의 성립 과정에서 외세에 의해 강요된 남과 북의 분단 상황을 극복하기 위한 문학적 대응의 성격을 지닌다.

한국전쟁 이후 남과 북은 극도의 적대적 상황을 지속하게 되었다. 한국전쟁은 '종전'된 것이 아니라 '휴전'된 것이었으며, 항시적인 물리적 충돌의 가능성이 존재하고 있

Gingko Love: Love in a Divided Land

Jang Seong-gyu (literary critic)

"Gingko Love" is a product of Korean society in the 1980s, when "Division Literature" was a prevalent genre. As such, this story occupies a significant place in Korean literary history. 1980s literature examined various social problems and represented the society's collective will to overcome them, a response to the reality of the country's division, imposed on it by foreign powers immediately after its liberation from Japan in 1945, a period when the Cold War system began to emerge.

After the Korean War ended, the two Koreas continued to antagonize each other. The war was never officially declared over, but ended in a truce.

었다. 뿐만 아니라 남과 북 양쪽에는 서로에 대한 극단적인 적대와 증오의 이데올로기가 반복 재생산되었다. 특히 한국의 경우 독재 정권에 의해 북한에 대한 레드 콤플렉스가 매우 광범위하게 확산되어 있었다.

이러한 맹목적인 북한에 대한 레드 콤플렉스가 극복되기 시작한 것은 1980년대 활발하게 진행된 통일운동에 의해서였다. 보다 객관적인 방식으로 분단 모순의 기원에 대한 탐구가 이루어지기 시작했으며, 이를 극복하기 위한 방안들이 활발하게 논의되기 시작했다. 이와 같은 당시 시대적 흐름은 문학에도 큰 영향을 미쳤다. 구체적으로 분단으로 인한 민족의 상흔을 재현하는 문학, 분단의 원인을 규명하고 이로부터 그 극복의 가능성을 모색하는 문학, 분단 모순을 지탱하는 왜곡된 레드 콤플렉스의 허상을 비판하는 문학 등이 활성화되었다. 김하기의 「은행나무 사랑」은 이러한 분단 문학의 중요한 성과 중 하나로 평가될 수 있다.

이 작품은 분단의 모순으로 희생된 장기수들의 아픔과 그 치유의 가능성을 치열하게 모색하고 있다. 양 선생은 한국전쟁으로 아내와 이별하게 되며, 결국 그 상처로 인해 자살까지 시도하게 된다. 지극히 평범한 개인의 사랑

Therefore, the possibility loomed that physical confrontation between the two sides could erupt at any moment. In addition, ideologies of extreme hostility and hatred continued to reproduce themselves on both sides of the 38th parallel. In South Korea, the so-called "Red complex" spread widely during the long years of dictatorship.

The social movement for unification in the 1980s opened up a path for people's efforts to overcome that fixed ideology. Activists began to examine more objectively the origin of the country's division. They also engaged in active discussions about how to resolve this problematic situation. This environment had an impact on the literary landscape. Specifically, literature dealing with the division of the country emerged, works that represented wounds inflicted on the people of a divided country, which explored the cause of this division and how to tackle its problems, and criticized the Red complex that maintained the status quo. Kim Ha-kee's "Gingko Love" is an important achievement of such efforts.

"Gingko Love" earnestly explores ways to cure the agonizing wound of long-term prisoners, victims of the country's division. Mr. Yang, separated from his wife by the Korean War, attempts suicide because

과 한 가족의 운명마저도 분단 모순에 의해 파탄되는 셈이다. 이뿐만이 아니다. 김영지의 생애 역시 그러하다. 그녀는 일본에서 조총련 활동을 하던 외당숙과의 인연으로 인해 간첩으로 몰리고, 결국 사형당하고 만다.

이러한 아픔에 대해 김하기는 분단 상황에서의 사랑은 '은행나무 사랑'일 수밖에 없다고 말한다. 은행나무는 암수가 각각 따로 하나의 나무를 이룬다. 그런데 이들 암수 은행나무는 서로 멀게는 수백 리 이상을 떨어져 있음에도 불구하고 자신의 배우자 나무를 알고 있다. 그리고 오직 그 나무와의 사랑만을 그리워한다.

김하기는 은행나무 사랑이 비단 나무의 것만이 아니라고 말한다. 분단에 의해 반세기 이상 서로 단절되어 있지만, 남과 북 역시 서로를 그리워함으로써만 진정한 사랑에 이를 수 있다고 말한다. 그리고 양 선생과 그의 아내 간의 비극적인 사랑, 조창호와 김영지의 이룰 수 없는 사랑 역시 이와 같은 것이라고 말한다. 분단에 의해 기형적인 형태로만 존재할 수 있는 이들의 사랑이야말로 진정한 사랑이라고 말이다.

그런 맥락에서 조창호와 김영지가 서로 교감하는 방식은 매우 상징적이다. 이들은 서로 격리되어 있기에 온전

of the pain resulting from his eventual divorce. The incident shows how the division of the country destroys an ordinary individual's love as well as his family. Kim Yeong-ji's life is another example. Because of her tie to her maternal uncle, a member of the ethnic Korean organization affiliated with North Korea in Japan, she is accused of being a spy and eventually executed.

The author compares the love of people in the Korean peninsula with the love between gingkoes. Gingkoes are dioecious. Although they are far—even hundreds of miles—apart, people say that they know the whereabouts of their better halves and miss them. According to Kim, the love between gingkoes can be an analogy for how the two Koreas, divided for more than half a century, miss and love each other. It also applies to the tragic love between Mr. Yang and his wife, and the unfulfilled love between Cho Chang-ho and Kim Yeong-ji. Their love cannot help but be "deformed" by the division of the country, but it is nonetheless true love.

The way Cho Chang-ho and Kim Yeong-ji communicates is highly symbolic. They cannot share feelings by language because they are inmates in sepa-

한 형식의 언어로 서로의 감정을 나눌 수 없다. 그러나 이들은 서로 간의 대화를 포기하지 않는다. 이들의 사랑은 모스 부호의 형식을 통해서만 가능하다. 암호를 통해서만 교감할 수 있는 이 기묘한 사랑을 무엇이라 부를 수 있을까? 얼굴을 맞대고 따뜻한 체온을 나누는 대화가 아닌 단절된 음들의 파동을 무엇이라 부를 수 있을까? 어쩌면 이것이야말로 서로 간의 온전한 대화가 불가능한 분단 상황을 넘어서기 위한 안간힘의 언어가 아닐까? 단절되어 있음에도 불구하고 서로의 말을 더듬으며 고통스럽게 교감하려는 의지로 충만하기에 비로소 모스부호는 대안적인 언어로 승화될 수 있다.

현재의 시각에서 보자면 김하기의 「은행나무 사랑」에는 다소 아쉬운 점 역시 있는 것이 사실이다. 남과 북의 분단 모순에 대한 객관적 인식 대신 감상적 열정이 지나치게 앞서 있는 점이라든가, 분단 모순의 극복을 위한 방향이 추상적으로만 제시된다는 점, 그리고 분단 모순에 대한 사유가 전지구적 자본주의 시스템에 대한 인식 속에서 진행되지 못하고 한반도에 국한되어 진행된다는 점 등이 그러하다. 그러나 그렇다고 해서 이 작품이 지닌 의미가 축소될 수는 없다. 이 작품은 반세기 동안 금기시되었

rate wards. But they do not give up. They can communicate only through Morse Code, using the light in their cells. What can we call this strange kind of love, these waves of flashes between them? They are a far cry from face-to-face dialogue by which we can share each other's warmth. Perhaps we can call it the language of struggle for unification of a divided country, in which dialogue is impossible. Morse Code is an alternative form of language that expresses the inmates' strong will to communicate with each other by painstakingly overcoming immense obstacles.

From today's perspective, Kim's short story leaves something to be desired. He puts sentiment and passion before the objective assessment of the problems stemming from the division of the country. His thoughts about how to overcome these obstacles are abstract. His view of the problems is limited to the Korean peninsula, not contextualized in the global capitalist system. Nevertheless, the significance of his work cannot be underestimated. He succeeded in making a literary theme out of the reality of the divided Koreas, which could not have been discussed until the eighties. Equally successful is his figuration of love deformed by the division of

던 분단 모순을 본격적인 문학의 문제로 제기하는 데 성공했으며, 분단 상황에 의해 만들어진 기형적인 사랑의 형식을 은행나무의 사랑에 빗대어 형상화하는 데 성공했기 때문이다. 특히 이 작품이 발표된 지 이십여 년이 지난 지금에도 여전히 분단 모순이 남과 북을 관통하고 있음을 고려한다면, 김하기의 「은행나무 사랑」이 지니는 문제성은 더욱 크다고 할 수 있을 것이다.

the peninsula as resembling the love between gingkoes. Given that the same problems still exist between the two Koreas two decades after the publication of Kim's story, "Gingko Love" remains significant and relevant.

비평의 목소리

Critical Acclaim

시대적 한계를 지닌 '분단 시대의 문학'이란 다른 쪽 체제에 대한 자유로운 접근이 금기시된 현실을 감안할 때 불구적 형태일 수밖에 없다. 그러나 이러한 시대적 한계를 지닌 개념일지라도 분단 육십 년의 세월과 생활과 기억과 상처가 오롯이 새겨져 있는 '분단 시대의 문학'이란 그 자체로 소중하다. '분단 문학'은 시대적 한계성 속에서도 우리네 삶의 궤적을 담고 있는 문학적 자산이기 때문이다. 문학이 시대의 반영물이라는 점을 감안한다면, 남북의 다양한 인적·물적 교류가 점차 활성화되고 있는 시대에, 우리는 분단 체제의 현실적 모습을 통찰하고 통일시대를 예견하는 문학적 성과를 축적할 수 있을 것이다. **오태호**

Our literature in this era of division cannot help but be "deformed" because our access to the other system is forbidden. In spite of such limitation, this literature is precious, because it contains sixty years of our lives, memories, and wounds. It is an asset shedding light on lives in the Korean peninsula. As literature reflects a period, our age of vibrant humanitarian and material exchanges between the two Koreas will accumulate literary achievements illuminating the reality of the divided Koreas in anticipation of unification.

Oh Tae-ho

작가 김하기는 우리 시야의 사각지대에 위치하고 있던 미전향 장기수들을 소설 속으로 끌어들이면서 문단에 등장하였다. 그때는 1980년대 우리 소설이 다시 찾아내었던 변혁운동가의 형상들이 이미 학생에서 노동자, 농민으로, 또 역사 속의 빨치산으로 그 폭을 넓혀 가던 시기였다. 김하기가 소설 속으로 끌어들인 미전향 장기수들 역시 잊혔던 변혁운동가들이었다. 그의 소설은 그들의 삶을 제대로 평가하지 않고서는 현재의 변혁운동 또한 제 길을 찾을 수 없으리라는 암시였다. 이는 빨치산의 역사나 한국전쟁의 의미를 재인식하는 것과는 또 다른 과제를 제기하는 것이었다. 그들은 과거가 아닌 현재에 존재하고 있었으며, 그 삶에 대한 정당한 평가는 분단 극복의 전망 없이는 이루어질 수 없다는 점에서 가장 첨예한 현실적인 과제일 수 있었기 때문이다.

김재영

김하기의 이들 작품이 문제적으로 읽히는 것은 다만 그가 희귀한 소재를 다루었다는 점에 국한되지 않는다. 물론 그들은 소재적으로도 우리 조국의 분단이 가져온 최대의 비극적 형상이라는 점에서 의의가 적지 않다. 바로 그

Kim Ha-kee made his literary debut by drawing our attention to the issue of long-term prisoners of conscience, an issue no writer had previously dealt with. During the 1980s, Korean fiction was expanding its range of topics to include students, laborers, peasants, and guerillas, who were all activists participating in social reform movements. The long-term prisoners of conscience Kim highlighted in his fiction were also forgotten social activists. Kim's works suggested that contemporary social movement could not progress without embracing them. These prisoners raised issues different from those raised by communist guerillas or reinterpretations of the Korean War. They were an on-going presence, not an event in the past. They presented a most crucial task, as the rightful assessment of their lives was closely tied to our vision for the unification of the country.

Kim Jae-yeong

Kim Ha-kee's work was the subject of heated debate, not just because he dealt with a subject rarely featured in literature. His work is significant because it deals with one of the most tragic aspects of the human life in the divided Korean peninsula.

들을 "그들이 존재했던 그러한 곳에서 보았다는 점"(엥겔스의 발자크론)이야말로 우리 문학사에서 차지하는 작가 김하기의 가장 독보적인 지점이라 할 만한 것이다.

신승엽

김하기에게 소설은 여전히 사회의 모순과 진지전을 벌여 나가는 그람시적인 양식으로 받아들여진다. 그는 이 진지전에서 충격적으로 국가 권력의 횡포와 통제를 폭로하고 때로는 격문의 언어로 독자들을 선동하며 때로는 서정적 문체로 독자들의 누선을 자극한다. 이런 까닭에 그의 소설은 유희적인 텍스트로 존재하지 않으며 인생의 비애를 탐색하는 언어로 존재하지 않는다. 그 대신 그의 소설은 이 사회의 은폐된 쟁점에 대한 날카로운 비판적 질의를 던진다. 이에 따라 김하기의 소설은 문학의 정치성이라는 명제의 중요성을 다시 환기시킨다.

양진오

The fact that he "looked at them where they were" (Engels' remark on Balzac) makes him one of the most original Korean writers.

Shin Seung-yeop

For Kim Ha-kee, fiction seems to be a Gramscian mode of struggle, which battles social contradictions. He exposes the shocking violence and control of state power, inspires readers with declarations, and tugs at their heartstrings with lyrical prose. For these reasons, his fiction is never leisurely, or an exploration of life's pathos. Instead, it sharply questions issues hidden deep within Korean society. That is how his fiction invokes the importance of the political nature of literature.

Yang Jin-o

김하기

김하기는 1958년 경남 울산에서 출생하였다. 그는 1978년 유신체제의 억압이 한국 사회를 지배하던 시기 부산대학교 철학과에 입학하였다. 재학 중이던 1980년, 박정희의 죽음과 함께 잠시 찾아온 민주화의 열기 속에서 변혁운동에 참여하였으나, 박정희의 뒤를 이은 전두환과 신군부의 계엄령 선포 속에서 결국 계엄법 위반으로 구속되었고 이로 인해 강제징집되었다.

그는 이후에도 계속해서 한국 사회의 민주화와 남북한의 통일을 위해 직접 변혁운동에 참여하였다. 이 과정에서 이른바 '부림사건', 즉 부산 지역의 양심적 지식인들과 학생들 22명을 영장 없이 체포해 불법 감금하고 고문해 기소한 공안사건에 연루되어 다시 구속된다. 그는 이때 징역 10년을 언도받고 복역하던 중, 1988년 가석방으로 출소하였다.

그는 출소 후 본격적인 문학 활동을 시작했다. 1988년 옥중에서 쓴 시와 편지를 모은 『한 젊은이가 갇혀 있다』를 간행하였으며, 1989년 《창작과 비평》 가을호에 자신이 감

Kim Ha-kee

Kim Ha-kee was born in Ulsan, Gyeongsangnam-do, in 1958. He entered the Department of Philosophy at Busan National University in 1978, when Park Chung-hee ruled South Korea with an iron fist. He participated in the movement for democracy in 1980, when euphoria for democracy was running high, shortly after Park was assassinated. But he was forcibly drafted by the military after being arrested for violating the martial law imposed by the new military regime led by Chun Doo-hwan. After that, he devoted himself to activities in support of the democratization of Korean society and the unification of the Korean peninsula. He was arrested again on charges of public security violation in connection with the "Burim Incident" in which twenty-two intellectuals and students, based in Busan, were detained without warrants and tortured. He was sentenced to ten years in prison and released on parole in 1988.

Afterwards Kim Ha-kee became a full-time writer. In 1988, he published *A Young Man Imprisoned*, a

옥에서 만난 비전향 장기수들의 비극적인 삶을 통해 분단의 아픔을 형상화한 「살아있는 무덤」을 발표하며 소설 창작에 나섰다. 이후 소설집 『완전한 만남』으로 제1회 임수경 통일문학상을 수상하였으며, 이후 1992년 제10회 신동엽창작기금을 수상하였다. 그는 이후 통일운동이 약화된 시기에도 지속적으로 분단 모순의 문제를 정면에서 다룬 작품을 발표하고 있으며, 이로 인해 분단 문학의 대표적인 작가 중 하나로 평가받고 있다.

collection of poems and letters he had written in prison. In 1989, his story "Living Tomb" was published in the autumn issue of *Changbi*. This fiction described the agonizing experiences of people living in the divided Korean peninsula by portraying the tragic lives of long-term prisoners of conscience, whom he had met in prison. His short story collection, *Complete Union*, won the inaugural Im Sugyeong Unification Literary Award. In 1992, he received the 10th Shin Dong-yeop Creative Fund for Writers Prize. He continues to address issue of the divided Korean peninsula in his work even though the unification movement has lost momentum. He is a representative Korean writer dealing with issues related to the division of the Korean peninsula.

번역 **손석주, 캐서린 로즈 토레스**
Translated by Sohn Suk-joo and Catherine Rose Torres

손석주는 《코리아타임스》, 《연합뉴스》 기자로 일했다. 제34회 한국현대문학번역상, 제4회 한국문학번역신인상을 받았고, 2007년 대산문화재단 한국문학번역지원금을 수혜했다. 인도 자와할랄 네루 대학에서 영문학 석사 학위를 받았으며, 현재 호주 시드니대학에서 포스트식민지 영문학의 섹슈얼리티 등을 주제로 박사 논문을 쓰고 있다. 로힌턴 미스트리의 장편소설 『적절한 균형』, 『그토록 먼 여행』, 조지 E. 스트레이트마이어의 『한국전쟁 일기』 등을 국역했으며, 김인숙의 『바다와 나비』, 김원일의 『어둠의 혼』, 신상웅의 『돌아온 우리의 친구』 등을 영역했다. 계간지 등에 단편소설, 에세이, 논문 등을 40편 넘게 번역했다.

Sohn Suk-joo, a former journalist for the Korea Times and Yonhap News Agency, is a Ph.D. candidate at The University of Sydney, Australia. He won a Korean Modern Literature Translation Award sponsored by the Korea Times in 2003. In 2005, he won the 4th Korean Literature Translation Award for New Translators sponsored by the state-run Korea Literature Translation Institute. He won a grant for the translation of a short story collection by Kim In-suk from the Daesan Cultural Foundation in 2007. He translated more than 40 pieces of short stories, essays, and articles for literary magazines.

캐서린 로즈 토레스는 외교관이자 작가이다. 2010년 단편소설 「카페 마살라」, 2004년 공상소설 『틈새』로 필리핀 카를로스 팔랑카 기념 문학상을 수상했다. 2002년 대한민국 국정홍보처 주최 다이나믹 코리아 에세이 콘테스트에서 『변화무쌍한 만화경』으로 대상을 수상하기도 했다. 미국, 싱가포르, 필리핀의 문예지와 잡지에 단편소설 및 에세이 등을 꾸준히 발표하고 있으며, 현재 싱가포르 주재 필리핀 대사관에서 영사로 근무 중이다.

Catherine Rose Torres is a Filipino writer and diplomat. She received two Carlos Palanca Memorial Awards for Literature for her fiction. Her short stories and essays have been published in literary journals and magazines in the U.S., Singapore, and the Philippines. She won the grand prize for her work "Kaleidoscope Turning" in the Dynamic Korea Essay Contest sponsored by the Korea Information Service in 2002. She is currently based in Singapore and is at work on her first collection of short stories.

감수 **전승희** Edited by Jeon Seung-hee

서울대학교와 하버드대학교에서 영문학과 비교문학으로 박사 학위를 받았으며, 현재 하버드대학교 한국학 연구소의 연구원으로 재직하며 아시아 문예 계간지 《ASIA》 편집위원으로 활동 중이다. 현대 한국문학 및 세계문학을 다룬 논문을 다수 발표했으며, 바흐친의 『장편소설과 민중언어』, 제인 오스틴의 『오만과 편견』 등을 공역했다. 1988년 한국여성연구소의 창립과 《여성과 사회》의 창간에 참여했고, 2002년부터 보스턴 지역 피학대 여성을 위한 단체인 '트랜지션하우스' 운영에 참여해 왔다. 2006년 하버드대학교 한국학 연구소에서 '한국 현대사와 기억'을 주제로 한 워크숍을 주관했다.

Jeon Seung-hee is a member of the Editorial Board of ASIA, is a Fellow at the Korea Institute, Harvard University. She received a Ph.D. in English Literature from Seoul National University and a Ph.D. in Comparative Literature from Harvard University. She has presented and published numerous papers on modern Korean and world literature. She is also a co-translator of Mikhail Bakhtin's *Novel and the People's Culture* and Jane Austen's *Pride and Prejudice*. She is a founding member of the Korean Women's Studies Institute and of the biannual Women's Studies' journal *Women and Society* (1988), and she has been working at 'Transition House', the first and oldest shelter for battered women in New England. She organized a workshop entitled "The Politics of Memory in Modern Korea" at the Korea Institute, Harvard University, in 2006. She also served as an advising committee member for the Asia-Africa Literature Festival in 2007 and for the POSCO Asian Literature Forum in 2008.

바이링궐 에디션 한국 현대 소설 030
은행나무 사랑

2013년 6월 10일 초판 1쇄 인쇄 | 2013년 6월 15일 초판 1쇄 발행

지은이 김하기 | **옮긴이** 손석주, 캐서린 로즈 토레스 | **펴낸이** 방재석
감수 전승희 | **기획** 정은경, 전성태, 이경재
편집 정수인, 이은혜, 이윤정 | **관리** 박신영 | **디자인** 이춘희

펴낸곳 아시아 | **출판등록** 2006년 1월 31일 제319-2006-4호
주소 서울특별시 동작구 흑석동 100-16
전화 02.821.5055 | **팩스** 02.821.5057 | **홈페이지** www.bookasia.org
ISBN 978-89-94006-73-4 (set) | 978-89-94006-88-8 (04810)
값은 뒤표지에 있습니다.

Bi-lingual Edition Modern Korean Literature 030
Gingko Love

Written by Kim Ha-kee | **Translated by** Sohn Suk-joo and Catherine Rose Torres
Published by Asia Publishers | 100-16 Heukseok-dong, Dongjak-gu, Seoul, Korea
Homepage Address www.bookasia.org | **Tel**. (822).821.5055 | **Fax**. (822).821.5057
First published in Korea by Asia Publishers 2013
ISBN 978-89-94006-73-4 (set) | 978-89-94006-88-8 (04810)